歌集

いつでも二人

杉浦加代子

七月堂

もくじ

Ⅰ　父の体温

Ⅱ　いつでも二人

Ⅲ 隅田川

Ⅰ　父の体温

今日一日へ

白むくげ三尺ほどのいただきに一輪咲けり文月一日

のがれがたき薬を数種のみくだす今日一日へ踏み出さむとして

家の中を杖つき腰折りあゆむ父母の年齢あはせて百八十歳

父母を残して勤むる気がかりに退職の道えらぶ外なし

朝食ののちをゐねむり始めたる父に声かけ勤めに出づる

化粧水を顔にポンポンうちつけて朝のこころをふるひたたする

雪の日の相聞歌会のたのしさを昼の休みに思ひつつをり

亀戸の駅前花屋のガーデニング風つとめ帰りを楽しみ通る

いつせいに虫の音が止む　サイレンを鳴りひびかせて救急車ゆけば

校庭に子どもらの蹴るサッカーボール屋根の上より月が見てゐる

「今シンガポール、変はりないか」と弟の仕事を終へてゆとりある声

いつしかに深みどりなすプールの水雨うちたたく餌をまくごとし

魚、野菜ショッピングカーにはこびゆく落葉敷く道母と並びて

花芽のけはひ

街路樹の青葉若葉のきらめきにあたらしく見ゆわが家の通り

満々と水たたへたる夜のプールむすうの雲の流るる迅し

おでんやの屋台をめぐるよしず張り明りのつきて男《ひと》うごくみゆ

「胡麻ほどの小さな虫は逃げ上手」叔母の書簡に一句添へらる

繁りたる細葉の中にむらさきの花芽のけはひ生るるムスカリ

ねずみもち、木犀、枇杷の葉戸口まで吹き寄せらるる春一番に

まだ細き若木の蔓にいきいきと葉をそよがするのうぜんかづら

茉莉花《まつりくわ》の甘くさやけく匂ひくる家の内そといづこにありても

わが家のむくげま白く咲く朝《あした》千代子夫人の訃報がとどく

新しく建ちたる高層マンションの灯《ひ》のあかるさに夜景うするる

残業の職場の窓に眺めたる東京タワーの灯《あかり》なつかし

よりどころなし

鰻屋を出でたる人のたるみ顔背広片手に炎天をゆく

近道に通る公園鳩のむれが鳥の飛ぶをかはして過ぐる

静かなる雨音だけが忍びよる夜の校庭を見守る電灯

壁を伝ひ紅葉したる蔦の葉の風に吹かれてよりどころなし

し残せる仕事持ちこす思ひなり下句きまらぬままに措く歌

秋風に乾きつつ鳴るふうせんかづら訪るる人らみなふれてゆく

歯科医院のロビーに父と待ちてをり老い人たちの無言の空間

温泉たまご

病室にわれを待ちゐて父が問ふ「具合はいいか」とわが問ふ前に

ベッドよりずり落つる体を抱くときわれにつたはる父の体温

弟の名ふいに呼びたり「どうしてる、今日は来ないか」と独り言いふ

父の背を真夜中にもむ母のすがた痛々しくて声かけずゐる

あれほどに父が好める温泉たまご口を閉ざして今日は拒めり

「疲れたろ、早く休め」と我に言ひし終の言葉は数時間前

急速の悪化に奇跡を信じつつ父のこばめる入院させたり

生より死にかはる一瞬言ひがたく文字にしがたくただこの胸に

父の喉に深くからまつてゐし痰にわれはいまなほ悔いつつゐたり

寝たきりの八ヶ月間ひとことの苦しみ言はず「ありがたう」のみ

短かくまた長しとも思ふ八ヶ月看取りし父は甲斐なく逝きたり

酒は白鷹

お父さんこんなに冷たくなつちやつて、なぜ、どうして　自らを責む

母とわれと看護《みと》りて来たる六畳を親しみてつひに出づることなし

高らかに僧侶の読経の声ひびき菊のかをりのあふるる今宵

霊柩車の屋根の日ざしを目守りをり遠くなりゆく父との距離が

九月分の訪問看護の予定表　月、水、金の赤丸むなし

酒は白鷹、肴は海老屋、ひとすぢに九十余年を父は生きたり

父母と飲みし神谷バーの電気ブラン百二十円なり昭和五十年代

浅草の老舗つるやの鰻重をつねに土産に買ひて帰りき

笹ずし

梅雨の日の雨に顕ちくる　父ははの傘にかくるる後ろ姿が

底なしの夜空にぐんぐん突きすすむ松井秀喜が放つ光球

大玉のすいか買ひしが半分の処置に困りてころがしおけり

新潟の笹ずし供へ亡父《ちち》をまつ膳ととのふる新盆の夜

迎へ火の煙おのづと家の中に流れてきたり風なき夕べ

父と撮る写真一枚もなかりしよ晩年病みてシャッター切れず

枕辺に立ちて若々しき父が夢にあひしと姉が告げくる

大腿骨骨折の手術に堪へうるや八十五歳の叔母の体は

意のままに動けぬ体を案じつつ術後の経過まちわびて聞く

手の震へ回復せぬらし墨田区と書きたる文字の歪みてゐたり

玲子遺作展

青葉しげる街ゆく人ら軽やかに「パリの朝」を玲子は描く

安らぎを溶きたるやうな淡き色モンマルトルの丘の街並

フランスの香りがしますと温かな言葉かけゆく老夫婦あり

人去りてしづまりかへる夕ぐれを　妻の遺作に向かふ弟

命しぼる終《つひ》のひと筆ゴンドラをつなぎ止めたる一本の杭

ガラス戸を斜めによぎり止む間なしいてふ木の葉のふぶく一日

出湯にて

花束のひとつひとつに菜の花をまじへて売れり朝の店先

明日の夜は雪になるらし東京もだるまのマーク傘と並びて

岩手山ひときは白きかがやきのつねに見えをりわがゆくバスに

春浅き風ながれくる花巻の歌会の席に三浦さんゐて

千秋閣ホテルは高し全景がレンズの中に収まりがたく

花巻の宿の出湯にひたりつつ手足伸べたり十余年ぶりに

心地よく酔ひのまはりて湯の宿のてもと袋に歌しるしおく

みづみづと葉のはみ出す諸葛菜われの往き来の路ふさぎたり

綿入れ

水の面を染めてひろがる夕陽ざしうねうねとして春近き色

綿入れにふくるる母の背を入れて仲店通りの賑はひを撮る

すつぽりと鉢の形に引きぬきて折り鶴蘭の白き根ほぐす

子と孫と十一人が母を囲みシャンペングラスを高だかと上ぐ

窓の灯のかがやきふえて盛りあぐる母の米寿のささやかな宴

みづみづしき君が心のそのままの味はひ保つ多賀のはつさく

霧雨に濡るる浜町岸通りしだれ柳の若葉が冴ゆる

夢にゆく羽織り袴の若き父けんめいに我は追ひすがらむとす

我が手より吸ひ取られゆく一枚の連絡事項　夜のファクシミリ

抱かれて車を降るる妹を迎へて姉なるわが母泣けり

休みなく働き続けし歳月を思ひてゐたり本を閉ざして

梅雨寒のしきり降る雨ゆふべ晴れて真半分なる月あらはるる

蛙股

湯葉、羊羹、日光彫りなど商へり二月平日閑散として
田母沢の向う岸なる杉木立凍みたる雪のまだらに残る

木々の間にともる灯火やはらかし凍みたる雪のたもつふくらみ

蛙股《かへるまた》をかざる小さな眠り猫奥社参道に役せずねむる

うねうねと急なる石段のぼり来ぬ木立に埋もるる奥社拝殿

風強く芦ノ湖畔に打ちよする波は日ざしをくだく音して

地獄谷の土産屋食堂「極楽亭」たぬきうどんに暖を取りたり

をやみなく霧流れつつ真向ひの山々はすでに雨となるらし

茶の家

門柱にあかり灯りて通夜の客が集ひはじむる山家なつかし

横たはる伯母に無沙汰を詫びにけり日焼けの顔のいたく小さし

茶作りに明けて茶作りに暮るる日々家業をひたぶる守り来し伯母

はげしさを増し来る山の夜の雨疲れて母はいつしかねむる

嫁ぎきて六十余年棲みなれし茶の香染みたる家をいでゆく

花籠を振りて小銭を撒きゆけり葬儀に集ふわれらを巡り

山の上の寺に向かひてうねうねと草高き道つづく人影

父逝きて三年経たり寂しさがつのりくるなり祭り囃子に

かひづかいぶき

母の背をはるかに越ゆる竜舌蘭みなぎる力母にさづけよ

かの女人《ひと》に見立てし芙蓉の花ねたまし一夜にしぼむ命なりとも

まだ暑き秋の陽ざしの三回忌父の墓前に母をささふる

しろがねの腹ひるがへし飛ぶ魚を母とみてをり潮入の池

森をしのぐ高層ビル群いにしへのお伝ひ橋の上より仰ぐ

林立する高層ビルの隙間にて東京タワーが細ぼそと立つ

車窓より見ゆるひつぢ田いちめんにやはやはとして緑ひろがる

ふぞろひに伸びたる枝葉落とされて貝塚伊吹匂ひかぐはし

寒つばきの残り少なき花にゐてつがひの目白茂みをわたる

張りかへてまぶしき障子木犀の葉むらの影のくきやかに揺る

渡らむとして立ちどまる太鼓橋母にはおほひかぶさるごとし

Ⅱ　いつでも二人

地はうす緑

経堂のなかに置かるる一切経輪蔵まはす腕木おもたし

戸倉駅ホームの椅子に敷きてあり毛糸に編みし手作りマット

静けさの中に息づく音きこゆ都会の夜が吐きいだすもの

人気なき商店街のひるさがり煮凝り売らる父の好物

さがみ川中洲をはさみ二筋にわかるる流れ岸辺は速し

刈られたるすすきの切り株芽を吹きてみわたす限り地はうす緑

休みやすみ進みて休み去年《こぞ》きたるロッジの石段登りきる母

会津

千年の時をやみなく湧きいづる東山の湯わが膚に透く

早苗田を分きて走れる道一本磐梯山へますぐつらぬく

みどりなす高き石垣掘り割りのぬるむ水面に影ふかくおつ

鶴ヶ城天守閣に登りきぬ会津の風にしばし吹かるる

会津藩家老頼母の妻千重子打ち掛け人形にて子等叱りゐる

「なよ竹の風にまかする身ながらも――」千重子自刃す辞世を詠みて

遠きたる会津の駅は蔵づくり旅の終はりのシャッターを切る

のどの奥あらはにみえてすさまじく餌をあらそへる緋鯉と真鯉

父の声

青林檎、ハウス蜜柑にさつま芋、梨が売らるる梅雨のなかごろ

何も食べぬ何もいらぬとむきになりしあの日の父がをりをりうかぶ

新店舗まじへて六軒花屋あり京島町のメインストリート

詣づる流れ帰るながれの二筋に分かれてつづく仲店通り

大香炉ゆかた姿の若きらが燃えたつ煙に身をきよめゆく

賽銭が人の頭上を飛びかひて四万六千日けふのにぎはひ

とぎれなき祈祷の声が響きあひ怒涛押しよするごとき拝殿

ほほづきに吊す風鈴の音きけば流行病《はやりやまひ》を遠ざくるとぞ

岸権

「岸権」のかけ流し湯の赤味おび雪に冷えたる五体しづめる

すき間なく重なりあへる屋根と屋根にとほく連なる雪の山なみ

立ち枯るる葦の群落そろひたち葉裏をかへす風のつめたさ

マンションの窓辺に近く降りきたるみそかの月が花火みてゐる

寺近き百日紅の角の家雨にうたるる更地となりて

上諏訪

母ありてわれらと旅に出づること母より誰よりわれはうれしく

畑の雪、山の斜面のまだら雪甲府をすぎて雪つもりくる

幹ふとき五丈五尺の御柱《おんばしら》あふぎて高し神のいただき

支へなくま直ぐ建ちます御柱神となりたる大き力に

明け方を雨音やみて空気冷ゆ予報通りの雪になれるか

諏訪の湖《うみ》のつめたき風をあふりつつ岸辺の風車音してまはる

水ぎはの小石を濡らし寄る波の届かぬところ雪の残れる

きさらぎの風にはためく幟ばた旧家のあとの分譲住宅

父の生年

「湯けむりにふすぼりもせぬ月の貌」今宵草津は雪にうもるる
（句は一茶）

わが持てる手帳の年齢早見表に父の生年今年より消ゆ

七竈のそよぐ朝《あした》の並木道湖岸《うみぎし》にそひどこまでもゆく

こはごはと枝張る貝塚伊吹より透けてみえくる上弦の月

路地多き京島の町奥まりて向ひあひたる家並みがつづく

向ひあふ玄関先にこまごまと花の鉢置く踏み場なきまで

いつの間に摘みきて母が置きしならむ紫蘇のみどりに厨明るむ

いくたびも問ひ返へしくる母にわが答へつつ声とがりくる

鳴きたてるみんみん蟬を打ち消してプールの子らの甲高きこゑ

打ち水の草木をゆらし風立てば顔にながるる汗のひきゆく

百花園の石塀に沿ひ白粉の花咲きつづくバス通りまで

雨を待つ草木のためいき聞え来る乾ききりたる町の植込み

すり切れて手垢つきたる父の辞書を電子辞書のかたはらに置く

椿の古実

枇杷の木の根方に生ふるるゑのころ草車道の風にころころゆるる

駐車場のすみに根づける蒲公英の花の一株残しおきたり

掃きよする落葉の中に混りつつ椿の古実ころがりゆけり

収穫をすでに終へたる葡萄棚ちぢれかわきて葉が垂れさがる

静けさの戻る公園ブランコの下に桜のもみぢ葉敷きつむ

雨にぬるる路面に長く尾をひきてスナックの灯のあかりが滲む

午前七時開門さるる校庭に呼子に従ひダンプ入りゆく

母のノート

塀の上に誰が置きたる雪だるまならぶ二つに雪ふりしきる

大根と烏賊のふくませ　雪の夜を酒の肴に亡父《ちち》をまじへて

寒にして暖かき夜のくもり空にじみて月が浮かび出でくる

敷石の間《あひ》に芽ばえてひと株の新葉はすでに紫蘇の香をもつ

入院の日より日記のとだえたる母のノートを辞書と並べ置く

甲斐路

ばらの木をもれくる日ざしやはらかに先ゆく母の背なかにそそぐ

甲斐善光寺金堂下の戒壇めぐり闇の深さにわが足すくむ

「人は城人は石垣人は堀」雲一つなき甲府城跡

石垣に一部崩るるきざしあり四百年の歳月を耐へて

恵林寺の三解脱門の角柱「滅却心頭」の遺偈《ゆゐげ》かかぐる

虫籠風鈴

病室のベッドの母をとりまくは酸素吸入管、点滴の管

進まざる時計の針をながめをり母と離るる夜ふけを覚めて

朝夕にわれのかよふを母は待ち粥をすすれり点滴のまま

ひたぶるに耐へたる姿いたいたし窓辺にゆきて涙をぬぐふ

桜若葉しみとほりつつ日に照りて白きTシャツ翻りをり

蛇口あければホースの水の勢ひよし鉢植えの土はねてこぼるる

窓の外をしきり流るる花の絮家内《やぬち》に入りてほのかにひかる

更くる夜の闇より黒く楠の樹が山のごとくに静まりかへる

体育館の新築工事にたふされし老樹のあとに苗木うゑらる

西新井大師の参道雨晴れて虫籠風鈴鳴りはじめたり

いちやうに朱きとまとを並べ売る産地直送店安くはあらず

薄月

朝の陽を隈なく受くる小学校の校舎の空にかかる薄月

長病みに細くなりたる母の腕を輸血の針が容赦なく刺す

息切れて臥するも座るもままならぬ母の背中をさすり続くる

遠きビルま近きビルの窓あかり潤みてみゆる母を思へば

いく度か母の命を救ひくれし二味先生転任さるる

有料の老人ホーム建ちはじむかつて銭湯ににぎはひし跡

太ぶとと孟宗竹の茂りたるま昼の道は墓処《はかど》へつづく

歌の友に出会へるやうななつかしさ岩手県産はうれん草の束

川音送る

半額とわれもなりたる入園料百花園の門を母とくぐれり

黒土のふくらみをもつひとところ春七草の名札あたらし

夕顔のつぼみのひとつ咲ききれず萎みたるまま蔓にのこれる

防災の日にくばらるる呼子笛母のベッドに吊しおきたり

新しき老人ホームの窓明かり柔らかにして町にとけこむ

木蓮のかたきつぼみを包みたる萼の切れ目にみゆる花色

おとうとに頼みてきたる母の具合問へる電話に川音送る

武蔵野台地

武蔵野の台地に広がる畑中に老人ホーム「みずほ苑」建つ

東上線みずほ台駅いく度か叔母を見舞ふと降りたちにけり

声にならぬかすかな声に〈ありがとう〉とけんめいに言ふ見舞へるわれに

「みずほ苑」にて使ひし叔母の車椅子九十四歳の母が受けつぐ

手を握り頬よせあひて別れ来と思ひ出して涙する母

咲きつぎて終はりに近き百日紅ゆらぐ花枝に叔母がたちくる

退院ののちを初めて聞きとむる母が歩めるスリッパの音

たどきなき歩みにつみ来る莢豌豆母のてのひらのぬくもり保つ

母の肩

電線におほひかぶさる金木犀花の季節をまたず切らるる

木立ふかき緑に入りてたつぷりと母の肺臓に酸素をみたす

ほつほつと窓に灯《あかり》がふえきたる老人ホーム月二十二万円なり

母の肩かるくたたきて十五夜の月の出づるを指さし示す

母の咳闇にひびきてするどかり喉の奥より嘔吐するごと

いつでも二人

万葉集巻第四の上欄に四十三年三月四日受講日とあり

舐《な》むるやうに燃え広がりてゆく野火のあかりにうかぶ立ち枯れすすき

雪空に枝をはりたる桜木の梢にあまた花芽がとがる

いつのまに母が折りたる箸袋の水鳥一羽テーブルにあり

父が逝きし九十五歳に並びたる母の誕生日二人で祝ふ

咲きこぼるる白き桜桃あふぐたび苗木を植ゑし父が顕ちくる

やうやくに声のいでたる今朝の母般若波羅蜜多ゆつくり唱ふ

すつくりと小松菜の茎立ちあがり咲きたる花に庭の明るむ

生きてゐることが遠慮に思はると九十六歳の母がつぶやく

車椅子になじめる母と押す我といづこにもゆくいつでも二人

日立中央研究所庭園

石の門は千年杉を思はせて太く雄々しく大地に立てる

雨じめる桜もみぢを踏みしめて武蔵野台地の森ふかくゆく

早春の都庁北展望階にみはるかす雪をいただく雲取の山

母は眠り机にひとり向かふ夜ポットに沸かす湯のたぎちくる

雨はれて梅のみごろな産土神《うぶすな》に母をさそひて詣でむとする

車椅子の母に抱かれてストックの薄くれなゐの花穂がゆるる

宙にためらふ

去年《こぞ》の落葉厚くつもれる森の道あふげば桜の花咲きそむる

しぼり切る一滴ごとに緑《あを》みますひね茶を淹るる五月の夕べ

電線と電線のあはひに出づる月母と眺むる今宵十五夜

石垣をよぢ登りゆく昼顔の蔓の先端宙にためらふ

うす暗き明かりに湯気の立ちのぼる葦簀がかこむおでんの屋台

つつましく胡瓜の雄花ちる庭に梅雨の終りの雨ふりそそぐ

隣り家の垣のうちより声がして越の丸茄子ふたつをたまふ

盆灯籠母と灯すはいつまでか父逝きてより八年経てり

慈雨ありて舗道にいくつ生まれたる水溜まりより湯気立ちのぼる

秋日ざし汗のにじめるけふ一日剪定ばさみの音のひびかふ

庭の小菊一束母が折り来たり我に託せる玲子の墓参に

いづこへ

近道をせむときたりて迷ふ路地百花園は遠のくばかり

前方の小暗き萩のトンネルに母と入りゆく車椅子押して

葉脈にそひて裂けたる芭蕉の葉はたはたとして風を通せり

一列に萩のトンネルを進みゆく幼稚園児の赤帽白帽

車椅子押していづこへ母と行かむ百花園出づれば昏れはやき道

「限界とは己が作つてしまふもの」新聞のコラムに母がうなづく

母の夢に水を求むる亡父《ちち》が来て喉の渇きに目覚めしと言ふ

実生より育て来たれる枇杷一木わが家われらとともに老いたり

桝掛筋

わがいだく夢ただひとつ百歳の母とビールを飲みかはすこと

小正月すぎし頃より千両の実のこぼれやすし畳を走る

賜りしマイクロファイバー入り毛布眠れる母の肩を包める

下町の空つらぬきて伸びゆけりスカイツリーは三百メートル

生きてゐる筈なき人が夢に来てアメリカ土産の話聞かする

父ゆづりの我がてのひらの枡掛筋《ますかけすぢ》長寿の相は亡父《ちち》が証明

隅田川のながき鉄橋すべり来る特急〈きぬ〉がさくらに消ゆる

枕カバー

カーブする歩道の溝に沿ひながら雨水ながる塵うかべつつ

鉄塔と言ひてしまへばはかなかりスカイツリーは伸び続けゆく

母の耳に雨降る音がしきりなり深夜起きいで確かめにゆく

収集日に出ださむ我のブラウスで枕カバーを縫ひたり母は

「熱中症つて簡単に死ねるのね」母はつぶやく望むがごとし

駒形に上がる花火の半円がツリーの網目の中できらめく

スカイツリー五百メートルに近づきて入日の炎に包まれて立つ

ほそほそと手にさびしさの伝はり来護謨《ごむ》ひもに髪を束ねたるとき

診察を受けむとする日入浴す加齢臭を気づかふ母は

かたはらに常に置かるる国語辞書母の一部の天眼鏡と

三月十一日

来なくともよいと言ひつつ我を待つ母と思へり日ごとを通ふ

故郷の星のやうだとつぶやけり夕ぐれともるマンションの灯《ひ》に

むくみ引く瞼のくぼみ深き皺、母の常なる顔にもどれり

母の生ひ立ち初めて聞きたり十三歳《じふさん》にて製糸工場に働きしとぞ

文字古りて「春夏秋冬花不断」かかげられたり百花園庭前

母の呼吸やはらかになる新緑の木立の中をめぐりてゆけば

大地震に母を抱へてふらふらと夢中に外に逃れ出たり

原発の専門用語つぎつぎとデシベル、タービン、建屋、シーベルト

稲の稔り

夕映えの空にひとときき雲が浮かぶ笹百合色に染《し》みとほりつつ

今頃は済州島、漢拏山《ヘルラサン》の頂上か六十五歳となりたる弟

仕事いちづに過ごし来たりし弟がエーデルワイスの花撮りて来る

まどかなる月降りて来てスカイツリーの展望階に腰かけてゐる

満月を仰ぎてひと夜咲きつづく朝明《あさけ》ま白きむくげ一輪

夕べ六時シャッター閉ざす音がひびく人の稀なるキラキラ通り

亡き父といくたび来たり吾妻橋のたもとの海老屋今も営む

実りたる稲の収穫よろこべど放射線量基準値をこゆ

新聞の連載小説「親鸞」を母は読み終ふ一年通して

東北の被災地照らせツリーの灯六三四メートルの白光

力紙

雨そそぐ楓若葉を母は仰ぐ四尺あまりの背丈のばして

眠りがちな母に夕餉を告げたればやうやく今日も暮れたりと言ふ

畑中に火柱なせる一木あり近づき見れば凌霄花《のうぜんかづら》

明け方の陸前高田秋雲をうかべて立てり一本松は

白鵬に勝てば全勝横綱へ力紙受く日馬富士関《はるまふじぜき》

秋天とスカイツリーの外になし日ごとに母が仰ぎ来たるは

真下より仰げば太き胴体のスカイツリーが首をすくめる

村人に薬とどくる歌ありと母は知りたり医師なる茂吉を

人去りて静まる棚に蛇瓜の大き小さき動かずに垂る

「楽天のマーチヤン調子がよさそう」と母は体調をとり戻したり

夕暮れてスカイツリーが生れ変る今宵は淡く灯るブルーに

母はまた夢を見てゐる寝言とも思へぬ声で「風邪引いちやうよ」

漢字検定

母のため漢字検定十級の問題集を買ひ来たるなり

馬の字の一画縦よりはじまると漢字の書き順学ぶわが母

小学生、中学生らに混じりたり九十五歳のわが母ひとり

受検する生徒らよりも付き添ひの父母多し廊下にあふる

満点の合格証書とどきたり漢字《かん》検定《けん》十級杉浦なか殿

心不全増悪症にて入院す猶予ならざる母の病状

呼吸困難、低体温の続きしが五日目にして母よみがへる

病院のベッドに長く生くるよりわが家に一日生くるをえらぶ

五日経たばかなふわが夢百歳の母とビールの祝杯あげむ

心疾患、免疫力の増強に母にかかせぬアボカド、ヨーグルト

四枚の若葉の中より生れ出づる泰山木の摩尼のつぼみは

似顔絵

恐い夢を見ないやうに母の手を胸よりおろし布団をかくる

車椅子の母が左折を指示したり買はぬ八百屋の前は通らず

笹の香のさはやかにたつ麩饅頭《まんぢゆう》八坂神社の護身符つるす

病院まで我には一分足らずにて母の足にはつらき道のり

似顔絵に描かれたるはほほ紅をさして恥しげなる百歳の母

テーブルに滑り下りくる蜘蛛一つ捕へむわが手をすりぬけゆきぬ

朝の庭に日ごと転がる青き柚子形大きさとのひきたり

庭下駄に踏んでしまへる青柚子が香りを放つ玄関に入りても

酸素濃縮器

母の部屋に始動する酸素濃縮器モーターの音重たくひびく

立たむとし背と胸を打つ母がふたたびしつかり起きあがりたり

大丈夫よと我を見つめる目ざしが入院をかたくこばみてゐたり

母が眠る夜更けをひとり出がらしの熱き番茶をすすりてゐたり

亡き父の夢ばかり見ると不思議がる母にさびしき思ひさするや

二枚、三枚皿を洗へる喜びを取り上げないでと母は止めざる

晩酌は徳利二本亡き父は酔ひつつ歌ひき「花摘む野辺に」

ながらふる母の命と共にある酸素濃縮器また利尿剤

日本は三十二位と母がいふ母親に優しい国の順位を

立ちのぼる煙を路地にただよはす「亀戸ぎょうざ」で賑はへる店

大丈夫、ありがたう

いく重にも青葉かさねて生ひ茂る槲木《かしはぎ》のした不気味に涼し

無意識に母は立たむと倒れたり左右のてのひら開きたるまま

母を抱き「なんとか言つて、目をあけて」我はひたすら呼びつづけたり

やせ細る腕にやうやく血管を探り当てたる点滴の針

落ちつきてしだいに意識をとりもどす短かき会話が通ずるほどに

入院中なにを問ふても「大丈夫、ありがたう」をくり返すのみ

ほつとするは束の間にして三日目に母は逝きたり心不全にて

あるじ亡き部屋の窓辺に近ぢかとまつ白に咲く木槿いちりん

両手にて母の冷たき頬をつつみ伝ふる言葉声にはならず

暗き炉へ入りゆく棺あとを追ふ思い断ち切り扉が閉まる

母とともに在りし七十六年間たうたう我は残されにけり

酸素ボンベひととき外し夕風に母とめぐりき京島の町

酸素ボンベ、車椅子より放たれて母よ自由に何処にも飛べ

初冬の日ざし

その年齢《とし》にとても見えぬといはれたり百一歳の母の遺影に

「戦争は悲しいだけ」と記すのみ終戦の日の母の日記に

我を避け病室に独り逝かむとす母の心中を思へばかなし

吾亦紅、黄菊、竜胆亡き母にたまはりし束いだきて帰る

散りぎはまで形たもてる山茶花の花に初冬の日ざしがそそぐ

暮れゆくといつしゅん見するスカイツリーの黒々として武骨なかたち

雨にしめる薄く平たき封筒に我ひとり分の選挙入場券

Ⅲ　隅田川

遠野

窓ごしに我を見送る母はなしがらんだうの家朝《あした》発ち来る

東京のビルの林立高く低く飛び去つてゆく〈はやて〉の窓辺

山肌のにじみて見ゆる六角牛《ろつこうし》山晴れたる空に全容あらはす

刈田のまま広がるばかり三月の遠野土淵町山口地帯

遠野遺産山口でんでら野の急坂をのぼり来たれば枯野ひろがる

ならひにてに老人《おいびと》みづから入りゆきしでんでら野といふ終焉の地に

歌成らずみちのくの夜しんしんと更けゆくばかり窓辺に冷えて

午後の陽ざしまともに受けてまぶしげに母の面かげ吾妻橋にたつ

花火

「ヘイ、ジュードふさぎこむなよ」口ずさむビートルズナンバー買物がへりを

小雨ふる白鬚神社の山門に夏越大祓《なごしのおおはらへ》の幟旗たつ

水かさを増して濁れる隅田川ばうばうとして横たはりたり

水しぶき上げてエンジンとどろかす河船一隻さくら橋すぐ

神谷バー、朝日ビアホールと梯子酒たつたひとたび父母在りて

隅田川の花火に招待さるる席ひとつは亡母《はは》に賜はりたるが
心地よく流るる風と打ち上ぐる花火の爆音全身に浴ぶ

ビールの泡

黄熟の花梨まぶしく高空に我を見おろす　まだ落ちまいぞ

菊まつり過ぎたる後の飾り棚がらんだうの小屋が建つてゐるのみ

夕ぐれの東向島の交差点走る自動車《くるま》の轟音あびる

思ひ立ち出でて来たれる浅草に夕べ五時過ぐ松屋の時計

浅草の夜のはじまり神谷バーのネオン灯れば文字が飛びこむ

くろぐろと流るる川を縁取りて明かりが遠くみちびきゆける

なみなみとビール注《っ》がれて運ばるるをしきりに思はすアサヒのビルは

広告の「泡」をいただく最上階つひに来たりてビールの泡呑む

濃き青にスカイツリーが照らし出す国連発足七十年なり

紅葉を待たず伐らるる街路樹の唐楓《たふかへで》　葉をくるくる散らす

チェーンソーの止みたる後の唐楓立ち続けゐる裸木となりて

卑弥呼

マンションの窓の明かりのふえゆくを母と眺めし退院近き日

カーテンの手ざはり、金具のすべる音母の病室よみがへりくる

エンジンの音快調に波頭くだきて出航す観光船「卑弥呼」

もろびとの参詣迎ふる仁王像、金剛杵《こんがうしよ》もて煩悩を断つ

木曾谷の檜づくりの仁王像重さ一トン丈五メートルなり

布一枚まとふ半裸の仁王像足の血管ふとぶとと走る

三抱へもありし銀杏の木の下に救はれたりき十九歳《じふく》の父は

いはき薄磯

薄磯《うすいそ》の波打際の奥ふかく潮《うしほ》みち来ていく度かへる

さらはれし地蔵菩薩像岩はだにありしその跡あらはにみえて

海に向く龍宅寺境内鎮魂のあたらしき花絶ゆることなし

いづこにも人かげみえず建ちならぶ豊間仮設住宅車窓にすぐる

しみじみと千年の湯にひたりたりふけゆく夜のいはき吹《ふき》の湯《ゆ》

時忘れじの塔

隅田川にそひて走れる首都高速道路《しゅとかうそく》　真下に少年野球場あり

球場の門にかかぐる肖像画一本足打法の王貞治選手

孟宗竹の垣のあひより生ひ出てて昼顔の蔓からみはじむる

焼栗のけぶる匂ひにつつまれて信号をまつ上野駅前

七月六日つゆ晴るる日に迎へたり母の三回忌父の十七回忌

巨木なる桜並木の一樹にて開花をつぐる基準木とす

両側の桜並木の梢《うれ》と梢《うれ》触れあふまでに迫り来てをり

「井戸ばたの桜あぶなし酒の酔ひ」其角門人お秋十三歳の句

これよりはお秋の俳号秋色にちなみて秋色桜といへり

平和への思ひをつなぐと建立す「時忘れじの塔」海老名香葉子は

右腕に赤子をいだき左手に子の手をつなぐ「時忘れじの塔」

影と歩む

炎天のつづく道のり老いふかむわが影とゆく歯科医院まで

上野公園生みの親と称さるるボードワン博士像木影に憩ふ

落日の瞬間をカメラはとらへたり全米オープンテニス中継中を

夕映えのニューヨークの空、ビル群をわれは夜明けのテレビに見入る

病室に母と眺めしマンションの灯りの下道カート押しゆく

朝夕の雨戸繰る時ぬつと立つスカイツリーに始まり終はる

四ツ谷駅赤坂口をいづる頃雨あがりしが傘をさしゆく

カンヴァス

病床の子規のかたへに写りゐる蕾ふくるる桜ひと枝

糸瓜棚の上に伸びたるつるの先雄花ばかりが色濃く咲けり

ゴーギャンに向けるゴッホの親愛を椅子に描きし緑のカンヴァス

柴又の駅をおり来て出くはせり車寅次郎の旅ゆくすがた

関脇に位をおとせし琴奨菊「やめたら終り」とひと言欄に

うなだるる紫蝦夷菊《むらさきえぞぎく》の丈切れば二月の水に花の首たつ

雪空に花を閉ざしてどの花も人目にたたず「思いのまま」も

八十歳の顔

正座して紋付姿の瓜生岩子《うりふいはこ》像ナイチンゲールの記章受けたり

「おばあちゃん」田舎の祖母を呼ぶやうに声をかけたり台座にふれて

うす暗き御堂にならぶ影向衆その身が放つ光に満ちて

わが干支の寅は虚空蔵菩薩なり福徳、知恵を無量にあたふ

ひと束の線香たちまち燃えつきたり灰となるもの立ち消ゆるもの

雨ふれる雑草の庭よく見れば母子草あり仏の座あり

八十歳《はちじふ》は八十歳《はちじふ》の顔と友が言ふ親を看りてわれに返れば

雨が来て突風、かみなり轟かす初夏になりゆく空の挨拶

息をつく

家に近く帰りきてほうと息をつく重きカートをひとまづ立てて

真新しき家の門辺に山法師のをさなき苗の一本がたつ

どの家も窓辺をつたふ風船かづら陽ざしさへぎるほどには茂らず

日ごとわれを映す鏡よいくたびか着物姿の母をうつしき

ゆつくりと我が前をゆく老夫婦われもゆつくり後につきゆく

ひとときを無言であゆむも縁《えにし》なり別れてひとり我も家路に

勝星の記録にいどみ土俵下に控ふる白鵬大仏にみゆ

藤棚をあふるる蔓がゆく先を求めて宙にさまよひいづる

子規の手形

行儀よくそろひて押せる細き指子規三十四歳の手形は

りんご、梨、鰻のかばやき、酢がきなど夕の献立描きて記す

糸瓜棚を通して庭より終焉の部屋をのぞめば文机《ふづくえ》一卓

花梨の実たかきにありて届かねど草のしげみにひとつ転がる

桜橋の完成祝ひてポトマック湖畔の桜が里帰りする

朝顔のたね

枯れ木立、とどこほる雲、スカイツリー　うつす水面を風紋が消す

待機する白バイの脇すぐる時エンジン吹かす熱が伝はる

竹やぶの仲間入りして若竹の地上を高く葉ずれの音す

正座せる着物姿の瓜生岩子像羽織にのぞく胸の勲章

茂りたる葉と葉の間《あひ》に咲かざりし朝顔の花たねを持ちたり

跋文　ナイーヴな抒情性

中西洋子

著者は学生時代、今井福治郎先生（故人）の授業で作歌の手ほどきを受けている。先生は折口信夫の教えを受けた万葉集の研究者であり、歌誌『雪炎』を主宰する歌人でもあった。杉浦加代子さんを知ったのはこの歌会の席であった。つまりわずかな期間同門だったのである。しかし先生はほどなく他界され、互いに作歌から離れていたが、私は二十年続いた岡野弘彦主宰『人』を経て、一九九八年十月（平10）「相聞」を創刊することになった。その折彼女も作歌を再開したのであった。以来二十年、身近にその営為に接してきた者として、この度の上梓は非常に感慨深いものがある。

のがれがたき薬を数種のみくだす今日一日へ踏み出さむとして
父母を残して勤むる気がかりに退職の道えらぶ外なし
化粧水を顔にぽんぽんうちつけて朝のこころをふるひたたする

歌集の早いページにみられる作である。両親の介護に専念する以前、著者は会計事務所に勤めていた。一、二首では自分で自分を励まして出勤する朝の習慣や動作が具体に歌われ、高齢の両親を残して勤めることへの不安、退職への迷いなど心の揺れが二首目にはうかがわれる。こうした介護生活に踏み切る前の、複雑な内面を歌った作は右の一首にとどまるが、もう少しあってもよかったかもしれない。

ベッドよりずり落つる体を抱くときわれに伝はる父の体温
あれほどに父が好める温泉たまご口を閉ざして今日は拒めり
「つかれたろ、早く休め」と我に言ひし終の言葉は数時間前
急速の悪化に奇跡を信じつつ父のこばめる入院させたり
生より死にかはる一瞬言ひがたく文字にしがたくただこの胸に
父の喉に深くからまつてゐし痰にわれはいまなほ悔いつつゐたり
霊柩車の屋根の日ざしを目守りをり遠くなりゆく父との距離が

ふとした時に感じる父の体温、食べなくなった好物の温泉たまご、娘にかけた最後の言葉、息をひきとる瞬時のことばにならぬ思い、亡き後も執着する喉の痰など、介護の日々から永眠にいたるまで、病む父親に接してきた作者の細やかな心遣いと、素朴で飾らないことばの運びに好感を抱く。

人気なき商店街のひるさがり煮凝り売らる父の好物

いつの間に摘みきて母が置きしならむ紫蘇のみどりに厨明るむ

いくたびも問ひ返しくる母にわが答へつつ声とがりくる

大根と烏賊のふくませ　雪の夜を酒の肴に亡父をまじへて

入院の日より日記のとだえたる母のノートを辞書と並べ置く

病室のベッドの母をとりまくは酸素吸入管、点滴の管

長病みに細くなりたる母の腕を輸血の針が容赦なく刺す

退院ののちを初めて聞きとむる母が歩めるスリッパの音

木立ふかき緑に入りてたつぷりと母の肺臓に酸素をみたす

折りにつけ亡き父を偲びながら、病弱の母との生活がはじまる。介護はけし

てきれい事では済まされるものではない。耳の遠くなった母への苛立ちは経験者ならば共感できよう。二人きりの生活は閉塞感、疲労感を伴う。気晴らしやほっとする時間も欲しいだろう。しかし、病に耐える母に寄り添う作者はあくまでもひたむきで、注意深くやさしい。親の介護が宿命であるかのように何の疑問も迷いもなくすんなりと受け入れている。古風というひと言では片づけられない、持って生まれた気質からくるものだろうか。

生きてゐることが遠慮に思はると九十六歳の母がつぶやく
車椅子になじめる母と押す我といづこにもゆくいつでも二人
しぼり切る一滴ごとに緑《あを》みますひね茶を淹るる五月の夕べ
盆灯籠母と灯すはいつまでか父逝きてより八年経てり
車椅子押していづこへ母と行かむ百花園出づれば昏れはやき道

母の耳に雨降る音がしきりなり深夜起きいで確かめにゆく

新聞の連載小説「親鸞」を母は読み終ふ一年通して

歌集中には、母親の人となりをうかがわせる一、七首目のような作を折々見受ける。処分する古ブラウスで枕カバーを縫い、小、中学生とともに漢字検定試験を受けるなど、慎ましく努力家で忍耐強く、向上心を失わない女性であったようだ。そのいずれにもさりげなく母に対する敬愛の思いがにじむ。作者の住まいは墨田区京島、下町である。小康状態の母親を車椅子に乗せてその近辺をしばしば散歩し、買い物にも出かけた。百花園の季節の草花を楽しんだ。「いつでも二人」でありいづこにも行ったが、時として五首目「いづこへいかむ」のような不安感を暗示させる作も混じる。奥行きを持った一首である。

ながらふる母の命と共にある酸素濃縮器また利尿剤
やせ細る腕にやうやく血管を探り当てたる点滴の針
ほつとするは束の間にして三日目に母は逝きたり心不全にて
我を避け病室に独り逝かむとす母の心中を思へばかなし
雨にしめる薄く平たき封筒に我ひとり分の選挙入場券
「ヘイ、ジュウドふさぎこむなよ」口ずさむビートルズナンバー
買い物がへりを
炎天のつづく道のり老い深むわが影とゆく歯科医院まで
八十歳は八十歳の顔と友が言ふ親を看りてわれに返れば

懸命の介護もむなしく、やがて永訣の時を迎える。しかし、母親はひとりで逝くことを選んだ。最愛の娘に別れる辛さを避けたかったのである。親にして

みれば、自分たちふたりの永い介護のために、家庭を持つこともなく老いつつある娘を残してゆくのは、何とも心残りであったに違いない。娘の作者にとっても、母親との生活は心の拠り所であり、介護は生きがいでさえあっただろう。介護や死をめぐってさまざまなことを考えさせる重たい一首だ。また、後半四首では日々の生活から一人になった寂しさがおのずと浮かび上がってくる。特に「ヘイ、ジュウド〜」の自らを励まそうとする作のような、飾り気のない表現が却って効果的である。

黄熟のかりんまぶしく高空に我を見おろす　まだ落ちまいぞ
広告の「泡」をいただく最上階つひに来たりてビールの泡呑む
まどかなる月降りて来てスカイツリーの展望階に腰かけてゐる
朝夕の雨戸繰る時ぬつとたつスカイツリーに始まり終はる

どの家も窓辺をつたふ風船かづら陽ざしさへぎるほどには茂らず

父ゆづりの我がてのひらの枡掛筋《ますかけすぢ》長寿の相は亡父《ちち》が証明

四枚の若葉の中より生れ出づる泰山木の摩尼のつぼみは

日常生活の折りに触れての属目には、ふと立ち止まらせるような味わいをもった作が散見する。「まだ落ちまいぞ」「(ビールの)泡呑む」「ぬっとたつ」、スカイツリーに腰かける月、あるいは風船かづらの茂り具合など、巧まざる発想や見過ごしそうなものへの気づき方があって、独特の軽いおもしろさを醸し出しているのである。作者の持ち味であろう。「枡掛筋」、「摩尼」などの語彙への関心にもふとした折りの心の余裕がのぞいて楽しい。

思わず紙幅を費やしてしまった。本歌集の中心をなすのは、両親の長期にわたる介護生活から生まれた作品である。高齢化の現代、介護詠は珍しくなくなり、短歌の一ジャンルとしてすっかり定着している。この著者の場合、ことさら介護詠を意識することなく日々の生活にあって歌い続けてきたその大半が介護詠だったに過ぎない。そして、その表現はきわめて素朴に素直に歌われている。本歌集の身上はここにあると言えるだろう。同時にしかし、内的な葛藤の見られないもの足りなさを否定出来かねる。今後も歌いつづけていく上の課題でもあろう。このような点を含めて、読者の方々はどのように読んで下さるだろうか。ぜひ多くの眼に触れて忌憚のない批評をいただければ、作者共ども無上のよろこびである。

二〇二〇年三月　さくら咲く日々に

あとがき

本歌集は私の第一歌集です。歌集名を『いつでも二人』といたしました。中西洋子編集・発行の歌誌『相聞』に発表した作品（創刊号一九九八年～六十六号二〇一八年）より四百数首を選び一冊としたものです。現在は、作歌する喜びや苦しみが生活の一部となって支えてくれる大切な存在となっていますが、学生時代、生活学科に学ぶ私は、文学の授業での作歌の時間はとても苦手でした。今は亡き今井福治郎先生に「箸にも棒にもかからないとは君の為にある言葉だ」等と言われ、苦い思いの残る作歌との出合いでした。

年を重ねて忘れていた作歌への思いを初心から学ぼうと、「相聞の会」に入会し、中西洋子代表の熱心な指導によって、生活にはりを持つことができました。毎月の例会に出席しながら、あっと言う間に二十年の年月が流れてしまいました。この機会にあらためて過去の作品を見直し、心をあらたに人生の糧として詠い続けてまいりたく思います。長い間病弱な母と一緒に暮らしていましたから、作歌の素材も日常的なものばかりです。遠出といえば、隅田川の川辺を風に吹かれながら車椅子を押して散歩する程度でした。従って母を詠んだ歌が多く、今は亡き母への思いを込めて歌集名を『いつでも二人』と名づけた次第です。まさに、私の実感です。

生前の母は私の歌に対して良き理解者であり、アドバイザーでもありました。今となれば生存中にこの歌集を読んでもらいたかった思いでいっぱいです。

この本を出版するにあたりまして、選歌、構成その他の指導を下さった代表をはじめ「相聞の会」の仲間たち、原稿の入力や校正を手伝ってくれた弟杉浦正幸の協力に感謝いたします。また、七月堂の知念明子様、担当の鹿嶋貴彦様にひと方ならぬお力添えをいただきました。

心よりお礼申し上げます。

令和二年二月二十九日

杉浦加代子

著者略歴

杉浦加代子（すぎうら　かよこ）

一九三八年三月　東京都生まれ
一九六〇年　和洋女子大学　生活学部生活学科卒業
同年　家業の鞄縫製勤務
一九七四年　家業廃業の為、会計事務所に勤務
数年後　両親の介護により会計事務所を退職
一九九八年　中西洋子主宰の「相聞の会」に入会　現在に至る

現住所
〒131-0046　東京都墨田区京島三-六五-六
電話　〇三-三六一一-二六四七

いつでも二人

二〇二〇年一〇月一日　発行
著　者　杉浦《すぎうら》　加代子《かよこ》
発行者　知念　明子
発行所　七　月　堂
〒一五六—〇〇四三　東京都世田谷区松原二—二六—六
電話　〇三—三三二五—五七一七
FAX　〇三—三三二五—五七三一
印刷製本　渋谷文泉閣
乱丁本・落丁本はお取り替えいたします。

Printed in Japan
ISBN 978-4-87944-417-2 C0092